LVDOVICI REGII CON-

ſtantini de Franciſco Connano conſiliario, ſuppli-
cumq́; libellorum in Prętorio magiſtro, ac cómen
tarijs iuris ciuilis ab eo ſcriptis, tum etiam de iure
Romanorum, & vtrum ars iuris inſtitui poſsit.

AD FRANCISCVM OLIVARIVM,
Franciæ Cancellarium, virum ampliſsimum.

PARISIIS,
M.D.LIII.

Apud Adr. Turnebum typographum Regium.

AMPLISSIMO VIRO D. FRAN-

cifco Oliuario, Franciæ Cancellario, Ludouicus
Regius, falutem dicit.

VNQVAM ego penitus intellexe
ram quanta fit vis amicitiæ, nifi ex eo
tempore quo mortis acerbitate erep-
tus eft mihi Francifcus Connanus, vir
magno ingenio, admirabili doctrina,
fingulari prudentia, amplo magiftratu præditus, exi-
miaq; dignitate: cuius confuetudo quid haberet fuaui-
tatis, quamque effet honorifica, càrendo magis fenfi,
quàm fruendo. Itaq; cum nullus dolor fit tantus, quem
non longinquitas temporis vel minuat, vel molliat, mihi tamen quotidie augefcit magis de illo ægritudo, &
quanto longius progredior, tanto maiore incêdor defi-
derio, congreffus noftros, confuetudinem victus, do-
ctifsimos fermones illius requirens. non erat amicitia
inter nos quauis ex caufa temerè ac fortuitò primum
orta, fed cum ille me, opinione fortafsis nónulla quam
de meis ftudiis habebat, ab hinc annos prope decem
in familiaritatem recepiffet fuam: atq; ego interim &
admiratione virtutis eius, & magnitudine obferuátiæ

erga illum, iam non modo vt amicū diligerem, quemadmodum multi viri præstantiſsimi, nec ſolum vt doctum hominem reuererer, ſicut pleriq; omnes literarū ſtudioſi, ſed cum his etiam omnibus in parentis eum loco colerem, quūm diuturna conſuetudine, & perpetuis meis officiis magis ac magis quotidie beneuolentia noſtra creſceret, ecce tertiana febre ſubito conſumptus eſt vir ille, & bonis ac doctis omnibus cùm prudentiæ & ſapientiæ, tum beneuolentiæ atq; amoris triſte ſanè deſideriū reliquit. Hoc quale fuerit cum in aliis animaduerti ſæpiſsimè, tum verò in te maximè cognoui, qui quanti illum æſtimares non ſolum ex eo intelligi potuit, quòd vita fruentem tam amaſti ſemper, vt plus neminem: tanti autē feciſti, vt te illi vni inter cęteros eiuſdem ordinis homines multum tribuiſſe vniuerſa Gallia ſit teſtis: ſed etiam quod mortuum quoties in eius mentionem incidis, honorificentiſsimis verbis perpetuo proſequeris, & veriſsimo tuo teſtimonio, grauiſsimoque iudicio non intermittis ornare. Ac ſanè in eo declaras id quod antea egeris, non vicinitati tantùm, quæ in propinqua parte neceſsitudinis putatur: aut aſſiduitati erga te, in qua omnes gratas amicitias atq; etiam pias propinquitates vincebat, ſed magis adeo virtuti ac meritis ipſius tribuiſſe. Tales nimirum amicitiæ coniunctioniſq; neceſsitudines inter præſtantes homines intercedere ſolent, quæ nullis aut temporum aut locorum interuallis dirimuntur, nulla varietate fortunæ, nullis caſibus immutantur, ac ne

morte quidem ipfa,quæ cæteris rebus omnibus finem
adfert,deponuntur,fed cũ virtute quæ immortalis ha-
betur,nitantur,ad fempiternam memoriam temporis
prorogantur.Superiore æftate rus cum vxore ac liberis
concefferat,vt ibi nulla vi interpellante, vacuus ab in-
teruentoribus,liberius & folutius in literis viueret. fæ-
pe enim à fluctibus vel aulicis, vel vrbanis, foren-
fíque tempeftate,quam inductione quadam animi,
atque voluntate refugiebat,tanquã in portum fe in fo-
litudinem recipiebat prædij Lufertiani,quod octauo
lapide ab vrbe fitum Briam verfus, poffedit ac præci-
puè coluit. vbi occupationibus animum relaxabat,
& quafi in iucundo ftudiorum fuorum diuerforio re-
quiefcens,fibi ocium fumebat ad commentandum. in
quo præclaras ingenij cogitationes literis mandabat:
in quo multiplicem ac variam iuris fcientiam ratione
& via tractabat, omnemq; doctrinã inueftigabat atq;
contemplabatur.Iam maiorem æftatis partem ruri tra-
duxerat:cumq; in vrbem menfe Augufto reuertiffet,
credo vt tibi eò aduẽtanti obuiam procederet, poftridie eius diei cœpit tentari febre tertiana. Rex eo tempore redierat ex Andium & Britonum finibus Fon-
taneblæum:cumq; ego ex amicis qui Lutetia veniebãt
fcifcitarer de Connano noftro, vt valeret, comperi ex
Gulielmi Crafsi ciuis honeftifs.fermone, illum morbo
teneri.percufsitilico animum. Sic enim abhinc trien-
nium bis grauiter diuq́ue ægrotauit. nunc appetit au-
tumnus,multi morbi & quidem mortiferi vbiq; hoc

grauifsimo anno fæuiunt. quàm vereor quorfum hic euadat? Biduo pòft concefsi Lutetiam, maximè admodum vt illum omni genere necefsitudinis, omniũ confiliorum focietate coniunctifsimũ falutarem fuerat illo die miffus fanguis, quod equidem miratus fum in ea corporis macie & gracilitate. medici tamen eo confilio à fe factum dicebant, vt tertianæ caufam tollerent, néue in quartanam cóuerteretur. Iam aduefperafcebat, & is multo fudore frigido manabat, ac leuiter fomnus eum complectebatur: quamobrem non licuit id temporis hominem videre & affari. poftridie cóftitueram omne pomeridianum tempus illi tranfmittere, & idcirco apud te pranfus eram: cũ ecce fub exitũ prádij, de morte Connani allatũ eft, illúmque fub meridiem è vita excefsiffe, die fexto quàm ægrotare cœperat, nunciatum. Fuit hoc mihi luctuofum, acerbum fuis, graue literis, omnibus bonis trifte. nam quo rariores funt qui probitatem morum cum eximia literarum grauiorum intelligentia coniungant, & eloquentiam reconditioribus artibus locupletent, hoc grauiorem fecit iacturã ætas noftra in eo homine qui & optimus vir fuit, & iurifconfultus eloquentifs. & omnium aliarum artium difciplinis inftructifsimus. Erat in eo, vt dixi, fumma gracilitas, & raritas corporis, qui habitus & quę figura non procul abeffe putatur à vitę periculo, fi animi contentio vehementior accedit. Igitur in eum intuens qui erat mihi charifsimus, pro illius erga me beneuolentia & mea fumma erga illum obferuantia, quòd fe in fuis

perennibus ſtudiis contineret, nonnunquam hortabar
& monebam, vt id quod ageret, temperatius ageret:
ne per incuriam corporis, in morbum toties incideret,
quo celerius ſua opinione atque omnium expectatio-
ne abriperetur: vti modum ſtudio faceret, & effuſam
illam ſine intermiſsione contentionem meditandi, le-
gédi, atque ſcribendi reprimeret: non cómittendum vt
laborum noſtrorū flores exareſceret antequam fructus
pariant & maturitatem aſſequantur : ingraueſcentem
ætatem illis demetendis aut percipiendis accommo-
datam. Et vt oratio plus ponderis apud illum haberet,
proponebam quoque Platonem, quem tum in manibus habebam, longè omnium qui ſcripſerunt aut lo-
cuti ſunt, & maieſtate ſententiarum, & elegantia ver-
borū principem, admonentem in Timęo, vti quandiu hac lucis vſura frueremur, non minorem corporis
quàm animi curam gereremus, quòd malè affecto cor
pore animi muneribus fungi nequeamus. In curando
autem corpore imitari oportere naturam vniuerſitatis
rerum altricem, quę nihil in mundo, ad cuius ſimilitu-
dinem facti ſumus, ociofum pateretur, ſic vt nūquam
obtorpere permittamus, ſed quantum eſt ſitum in nobis, moueamus illud ſemper, & moderatis exercitatio-
nibus ad perferendos labores corroboremus. Sin eo
neglecto animum ſolum coleremus, fore vt potentior
factus exultaret atque efferretur, totumq́; ipſum intus
agitans láguoribus impleret. Quinetiam cum ad di-
ſcendum inueſtigandúmque vehementius incumbe-

remus, labefactare corpus, nónunquã & in flámare, ac
non expectata morte neceffaria diffoluere, prefertim
fi contentio acrior adiungeretur. adduci tamen, vt ali-
quátum de fummo illo ftudio remitteret fuo, non potuit. Itaque dum literarum cupidior quàm lucis effe
pergit, dum hoc fublato bono vitam nihili putat, dum
valetudinem negligentius curat, vires corporis fic affli
xerat & proftrauerat, vt leuifsima febris adueniés eum
perbreui de medio fuftulerit. Ingrauefcente morbo,
cum iam dubia fpe vitę fpiritum duceret, nihil à prifti-
na fua virtute alienũ fecit, non vocem vllam anteacta
vita indignam edidit: quin ab aftantibus admonitus
falutis, refpondit hanc femper fibi curę fuiffe, fed dolo-
ris victum debilitatumque magnitudine fuccumbere.
Tandem verò fine vllo corporis aut vultus motu ita
tranquillè placidéque decefsit, vt non è vita ad morté,
fed ex labore ad quietem, ex ætate breui ad perpetuam,
ab exilio hoc quidem mifero ac permolefto, ad iucun-
difsimam beatifsimamque illam animorum patriam
Dei opt. max. fedem atque folium migrare videretur.
Sic magno fortunę cafu accidit, vt quem viuum & in-
columem videre maximoperè cupiebam, ei flens ac
mœftus cum cæteris parentarem. Perijt tertio & qua-
dragefimo ætatis anno   Cal. Septembr. Anno
falutis generis humani M. D. L I. atque Lutetię in D.
Opportunę fepultus. Quãquam igitur poft tot amico-
rum funera, poft tot accepta fortunę vulnera, iam mihi viderer ferendis calamitatibus diuturna confuetudine

dine callum obduxiſſe, dici tamen non poteſt, ne cogitari quidem ſatis, quantum ex eius interitu dolorem vel mœrorem potius acceperim. Sed me ipſe conſolor, & maximè illo ſolatio, quòd virtus & doctrina illius quas coluimus amauimuſq̃, non ſunt extinctæ, ſed viuunt ſemperq́ue viuent in doctorum hominum mentibus ac ſermonibus, alentur ęternitate, & augebuntur totius poſteritatis memoria. Etenim cum non ſolum ingenio & doctrina, ſed etiam ocio ſtudioq́ue abundaret, commentarios iuris Ciuilis ſcripſit valde quidem probandos, cum propter elegantiam, tum grauitatem rerum quibus referti ſunt. Qui tandiu, vt mea fert opinio, in manibus habebuntur, quandiu Romanę literę ſtabunt, quādiu ciuilis prudētia, quandiu iuris dicendi ratio vlla inter homines manebit. fuit autem propoſitum, eius diſciplinę penè infinitę vim & materiam vel ſcientię perueſtigatione, vel diſſerendi ratione comprehendere. Docendi quidem certè rationem ac viam accuratiorem, quàm quę in recentioribus, atque adeo in ipſis planè veteribus iuriſconſultis cęſareiſ́que conſtitutionibus reperitur, adhibere voluit, ac profectò iuris artem inſtituere. Magnum opus & arduum, atque haud ſcio an de humanis operibus longè difficillimum. Enimuero cogitanti mihi ſæpenumero, & in ſummōs homines intuenti, qui abhinc annorū duo millia, arteis ad bene beatéque viuendum neceſſarias aut inuenerant ipſi, aut inuentas literis illuſtrauerant, & perpoliuerant, ſolus Ariſtoteles ex omni memoria

ætatum, temporum, nationum, occurrit naturę quadā
prouidentia genitus, qui ea quę prius in diuerſis artibus
diſperſa, & diſsipata fuerant, μεθοδικῶς conglutinauit,
quadamíque ratione conſtrinxit. Cæteri mihi viden-
tur tanquam partus degeneres vel non preſtitiſſe quod
polliciti ſunt, vel non perfeciſſe, quod ab illis expecta-
batur: inchoata quidem plurima, & magna ex parte cō
ſuſa permixtaíque reliquiſſe. Quod ſi ſcientię tantum
inſtituuntur rerum vniuerſarum & ſempiternarū quę
intelligentia & ratione comprehenduntur, quę ſunt
maximè ſecundum naturam, & procul abſunt ab opinione, quæ ſemper eædem atque eodem modo ſunt
apud omnes, quę in vnum exitum ſpectāt, & nunquā
fallunt, equidem non video quemadmodum ars certa
iuſti & iniqui conſtitui poſsit, quorum tanta eſt per
vniuerſum orbem terrarum differentia, quéque non
tam per ſeipſa, quàm pro legibus, ritibus, moribus con
ſuetudinibuſque ciuitatum, nationum, gentium con-
ſiderantur. Pręterea quorſum tot reſponſa iuriſconſultorum mutila & decurtata? tot edicta prętorum? ple-
biſcita? principum conſtitutiones? ſenatuſconſulta?
quorum conſtat maiorem partem ipſa vetuſtate con-
ſenuiſſe, aut tacitis populorum conſenſionibus muta-
tam, aut emergentibus nouis quotidie legibus aliis ſu-
per alias aceruatis eſſe ſublatam. An vt reliquę omnes
gentes regantur ex præſcripto vnius ciuitatis? quæ va-
rias mutationes habuit, quæ quandiu libera fuit, perpetuis ſeditionibus plebis & optimatum laborauit, &

poſtquam dominationi Cæſarum paruit, omnis memoriæ deterrimos principes tulit, ex quorum placitis
totum hoc ius Romanorum quod videmus, conflatum eſt & effectum? Quod ſi omniũ aliarum rerum-
publ.cum priſcarum,tum recentium,quæ bene moratæ beneque cõſtitute fuerunt,inſtituta animo percurramus,nunquam in his reperiemus iuriſconſultos extitiſſę qui libellos conficerent de pactis & tranſactionibus,qui ſtipulationum,iudiciorum,exceptionum formulas componerent,qui docerent quemadmodum in
iure cauendum, & quid de quaque conſultatione reſpõdendum eſſet.Non apud Atheniéſes, & Lacedęmonios, à quibus iuris Romani initia ducuntur. Non apud Aſsyrios, Carthaginiéſes, Ægyptios,Perſas,Macedones,Gothos,Vãdalos,Saracenos,quorum ditiõnes
amplæ fuerunt.Longum eſſet,& non neceſſarium cõmemorare de omnibus.ſed ſi qui id genus hominum
indulgentius aluerunt,conſtat apud eos omnia litibus
arſiſſe: quemadmodum olim vſu venit Romanis, &
paulò ante noſtram memoriam in Pannonia accidiſſe
Viues refert,ac nunc magno noſtro malo in Frãcia experimur:vbi omnia gymnaſia,fora,tribunalia vocibus
iuriſconſultorũ perſonant. Quis enim nominis Francici amans non miretur,vel doleat potius in tanto numero magiſtratuũ ac legum aceruo,lites infinitas atque
immortaleis haberi?nihil tam certum quod non in dubium vocetur,nullam controuerſiam tam expeditam
quę non impeditiſsima reddatur? nullum contractum

tam ſtabilem qui non reſcindi, nullam ſententiam
tam firmam quæ non perfringi poſsit? omnia har-
pyiarum forenſium calumniis, dolis, fraudibus inuo-
luta? ipſam priſci iuris maieſtatem cautionibus & for-
mulis deformatam obſoleuiſſe? His denique moribus germanæ iuſtitiæ effigiem amplius nullam in-
ueniri: vmbra nos tantum & imaginibus vti, quas
etiam vtinam (quod Cicero ſua ætate querebatur)
retineremus? Quanto melius cum humano genere ageretur, ſi omiſsis tot legibus ſcriptis, earumque
malitioſis interpretationibus, quæ non tam contro-
uerſias tollunt, quàm litium actiones conſtituunt,
ſummam illam legem, iuris atque iniuriæ regulam
ſequeremur, quæ vniuerſum mundum regit impe-
randi prohibendíque ſapientia, quæ non populorum iuſsis, non principum decretis, non ſenten-
tiis iudicum aut ſcripta eſt, aut confirmata, ſed ſe-
culis omnibus ante nata quàm ſcripta lex vlla, aut
quàm omnino ciuitas conſtituta: quam non didici-
mus, accepimus, legimus: verum ex natura ipſa ar-
ripuimus, hauſimus, expreſsimus: ad quam non
docti, ſed facti, non inſtituti, ſed imbuti ſumus:
vt honeſtè viueremus, fidem ſeruaremus, alterum
non læderemus, ſuum cuique tribueremus, con-
trouerſias inter nos ortas ex æquo & bono breui-
ter vel per arbitros componeremus, vel per iudi-
ces terminaremus. Cuius quidem iuſtitiæ natura-

lis fi quis primas & inchoatas intelligentias quas in a-
nimis habemus impreſſas explicauerit, fi ea quæ ob-
feruata funt in vfu forenfi, & communi ratione iuris dicendi animaduerterit ac notarit, verbis deſigna-
rit, generibus illuſtrarit, partibus diſtribuerit, id quod
Connanum noſtrum feciſſe videmus: præclare me-
diusfidius is erit de humano genere mereri iudican-
dus, nec dubitandum,quin fi non planè artem, at
quaſi artem iuris inueniſſe dicatur. Non vt omnia
quæ illa arte effici poſſunt inde petantur, non vt legem vno quoque verbo in ore habeamus, non vt
ſexcenta capita fine delectu effundamus, innume-
rabiles doctores indoctos illos quidem ac certè non
neceſſarios ad oſtentationem memoriæ & lectionis
proferamus, non deniq; vt quicquid deliberandum,
agendum,ſtatuendū nobis proponamus, ad rubricas
reuocemus:fed nimirum vt cognitis primis ac certis
rebus,reliqua quia aut faciliora funt, aut fimilia quif-
que pro fuo captu perfequatur: quippe quæ accen-
di aut commoueri preceptis veterum pofsint, inferi
quidem à libris non poſſunt. profectò aut me fallit
opinio, aut nihil à reſtitutis literis in hoc genere
ſcripti in lucem prodiit,quod fit cum commentariis
Connani vel diſſerendi ratione ac ſubtilitate, vel dicendi elegantia & proprietate ,vel rerum delectu &
ordine comparandum. In quibus fi quid occurret
quod lectori erudito non faciat fatis interdum, vt in

tanto opere credibile eſt quædam ei humanitus exci-
diſſe, æquum erit ignoſcere :atque eò magis , quòd
immatura morte præuétus, extremam manum maximè poſteriori parti addere non potuit. Quod ſi per
fati necesſitatem in vniuerſo opere eandem diligen-
tiam adhibuiſſet, quantam in tribus libris prioribus,
quos toties ea cura limauerat, vt ter aut quater propria
manu deſcribere non fuerit grauatus , facile omnium
ſuperiorum ſcriptorum gloriam, non modo ſtylj feli-
citate adæquauiſſer,ſed etiam diligentia viciſſet. Magnum enim eius iudicium fuit, magnumque optimarum artium ſtudium,tum omnis liberalis-& digna iu-
riſconſulto ab eo percepta doctrina.Qui puer admodum educatus in diſciplina doctiſsimorum præcepto-
rum, ſed potiſsimum Iacobi Spifamei viri clariſsimi,
nunc pontificis Niuernéſis:apud quem philoſophiam
Ariſtotelicam didicit,& cui ex omnibus plurimum
detulit.Deinde vt primum ab his artibus quibus ætas
puerilis ad humanitatem ſolet informari, ſe ad ius ci-
uile contulit, primum Aureliæ nobili & celebri vrbe
Petrū Stellam audiuit, poſt apud Biturigas Andream
Alciatum Mediolanenſem,quem noſtræ ætatis multò
præſtantiſsimum iuriſconſultum fuiſſe verè videor poſ
ſe contendere, nec minus optimis artibus eruditum.
Inde Lutetiam reuerſus in iuriſconſultorum ſubſelliis
perdiu verſatus eſt:ibi rationum regiarum , continuò
libellorum ſupplicum in prætorio magiſter factus: in
quo magiſtratu per vii. annos admirabili quadam lau-

de verſatus eſt. Accedit eò quod domus eius ſemper
patuit,ſemperque referta fuit viris doctis, quanquam
doctrinę ſuæ diſsimulator magis fuit quàm oſtétator:
nemo parcius loquebatur, nemo minus aliis ſeſe ven-
ditabat.Non ſcribebat ad aucupandam gloriam,ſed
ad animi oblectationem: forte ſua contentus,nec rem
amplificare,quam honeſtã poſſedit, ſtudebat, nec ho-
noribus maioribus inhiabat.Quid dicam de moribus
facillimis?de pietate in deum?bonitate in omnes?iuſti-
tia in illos qui eius opera vtebantur,aut qui aliquid ne-
gocij cũ ipſo habebãt?ſic vita erat,nemini nocere,pro-
deſſe verò quibuſcunque poſſet,non ſolum bene agen
do,ſed etiam ſcribendo.ita vt facillime ſine inuidia lau
dem inueniret,& ſine obtrectatione,gratiam pararet.
Quæ mecum ipſe conſiderans,equidem incipio caſti-
gare imbecillitatem meam,ac iam illius mortem non
miſericordia,ſed beneuolentia potius proſequendam
duco. Quid enim longius à luctu quàm vita glorioſa
innocenter acta? & mors beata licet immaturè oppe-
tita?aut quid laudandum magis quàm optimarum artium ſtudium,& pręclara ingenij monumenta ad ſem
piternam hominum memoriam literis commendata?
Nihil eſt igitur quod tua cauſa,mi Connane,dolea-
mus.Si quid mali accidit,nobis accidit:qui honorifica
tua cõſuetudine,humanitate ſingulari, recondita eru-
ditione, ſuauiſsimis ſermonibus, prudentiſsimis con-
ſiliis in perpetuum ſumus deſtituti. Tu aduerſas res
noſtras ſubleuabas,ſecundas ornabas,in dubiis conſi-

lium dabas. Tu arbiter scriptorum nostrorum, mode-
rator eras studiorum, non erat quisquam mortalium te
mihi charior, aut in cuius prudentia libentius acquie-
scere. Quapropter si nullu fuit beneficij genus, quod
in me licet immerentem, licet sola literarum commen
datione tibi primum cognitum, non contuleris, & tibi
viuenti nullum contra amoris, nullum obseruantiae,
nullu studij officiu a me defui:,egó ne tam expers hu-
manitatis reperiar, vt tui nunc obliuiscar? Sed quid e-
go in hac mea mediocritate possum? An tua in me be-
neficia commemorem? at nunquam ea mente contu-
listi vt euulgarentur. An celebrem virtutes? at in illustri
gradu dignitatis collocate, toti Galliae notae fuerut. An
libros abs te scriptos verbis ornem? at propter elegantiam grauitatémque rerum quibus referti sunt, etiam
nondum editi, & commendantur maximè, & quoti-
diè ab omnibus expetuntur. Quid quod dum viueres,
non tam premia sequebaris rectè factorum, quàm ip-
sa rectè facta? non laudis studio trahebaris, non gloria
ducebaris, sola optimę mentis cóscientia nixus, quæ tibi semper pluris fuit, quàm hominu sermo. Tu tamen
interea dum à percipiendis atque cognoscendis optimis artibus nec earum magnitudine ac difficultate, nec
innumerabilibus aliis rerum asperitatibus deterremur,
presertim tam raris ad discendum propositis hoc se-
culo premiis, dum doctriná ad exemplum veterum
non modo ex libris & in vmbraculis ocioque erudito-
rum, sed ex omnium rerum vsu & varietate querere
                                                cona-

conamur, nihil quantum eft fitum in nobis, terra &
mari, domi & militiæ, apud nos, apud exteros inten-
tatum relinquimus. Nunc in foro verfamur, nunc au-
lam fequimur, dum in perfequenda fcientia & fapien-
tia omnes labores, curas, moleftias parui ducimus: po-
ftremo dum noftris ftudiis portū quęrimus, à quo iam
nõ femel reflantibus ventis reiecti fumus, accipies hæc
dona inania, & quafi inferias quas fanctifsimis tuis ma
nibus in mediis noftris occupationibus, & erroribus
aulicis offerimus. Sed nefcio quomodo hic me æftus
amoris in altum longius abftraxit, quàm aut vellem,
aut initio fuerat propofitum. Ego verò cum de eo aliquid vellem fcribere, tibi potifsimum id munus con-
uenire arbitrabar, quod duorum amplifsimorum hominum memoriam effet in pofterum vel etiam beneuolentiam propagaturum. Atque ita vtriq;, & fi ne-
quaquam parem veftris virtutibus, at pro noftro tamen ftudio, debitam gratiam, tibi educationis, illi fa-
miliaritatis quoquo modo referrem. Quid enim pote-
rat mihi, vel ad vfum literarum melius, vel ad pręfen-
tem exiftimationem honorificentius, vel ad reliqui
temporis expectationem maius accidere tanti viri con
fuetudine atque conuictu? Ecquem potius quàm te
magnum iuris antiftitem, iuftitięque præfidem fecu-
tus effem? apud quem ea quæ legendo ab ineunte ætate didiceram, vfu & exercitatione frequenti cumula-
tiora redderem, & perfectiora: tum verò earū rerum
quæ verfantur in confuetudine vitæ, in hac focietate

ciuili, quæ ad mores hominum, & ad rempublicam
præfertim noftram pertinent, cognitionem mihi para-
rem vberiorem, atque fcientiam. Quamobrem fi quid
eft in me ingenij, quod fentio quàm fit exiguum, aut
fi qua ab optimarum artium ftudiis profecta facul-
tas, earum rerum omnium vel in primis fructum à
me repetere propè tuo iure debes: qui me in contuber
nio tuo plures annos honorificè aluifti, ac præceptis
propter excellentem eruditionem, & exemplis propter eximiam virtutem auxifti. Itaque cum in te colen
do obferuandoque plus elaborauero quàm poffum,
minus omnino faciam quàm debeo, beneuolentiam
fortafsis imitabor, partem certè minimam tuôrū me-
ritorum nó modo referēda, fed ne cogitanda quidem
gratia confequar vnquam. Cathalauni. Cal. Maijs
Anno. M. D. LII.

EX PRIVILEGIO REGIS.

LVTETIÆ

VI. CAL. FEBR. M. D. LIII.

www.ingramcontent.com/pod-product-compliance
Lightning Source LLC
Chambersburg PA
CBHW061434170626
46811CB00005B/2270